folio cadet
premiers romans

D1426062

Traduit de l'anglais
par Marie Saint-Dizier et Raymond Farré

Maquette : Laure Massin

ISBN : 978-2-07-055336-5
Titre original : *The Giraffe and the Pelly and Me*
Édition originale publiée par Jonathan Cape Ltd., Londres, 1985
© Roald Dahl Nominee, 1985, pour le texte
© Quentin Blake, 1985, pour les illustrations
© Éditions Gallimard Jeunesse, 1985, pour la traduction
© Éditions Gallimard Jeunesse, 2003, pour la présente édition
N° d'édition : 266918
Loi n° 49-956 du 16 juillet 1949 sur les publications destinées à la jeunesse
Premier dépôt légal : mai 1993
Dépôt légal : février 2014
Imprimé en Espagne par Novoprint (Barcelone)

Roald Dahl

La girafe
le pélican
et moi

illustré par Quentin Blake

GALLIMARD JEUNESSE

Pour Neisha,
Charlotte
et Lorina

Près de chez moi, il y avait une drôle de maison tout en bois, inhabitée, complètement isolée et située au bord de la route. Je brûlais d'envie de l'explorer mais la porte restait toujours fermée.

En regardant par la fenêtre, je voyais que c'était sale et tout noir à l'intérieur.

Il avait dû y avoir un magasin au rez-de-chaussée car on distinguait encore ces lettres, sur la façade :

AUX GOURMANDISES DES…

Ma mère m'a dit qu'autrefois cette maison était une boutique de bonbons. Un lieu de délices, sûrement !

Sur la vitrine, on avait peint en grosses lettres : À VENDRE.

Un beau matin, je lus : VENDU. Cette nouvelle inscription me laissa tout songeur. J'aurais tellement voulu l'avoir à moi, cette maison. La boutique serait redevenue le royaume des friandises… mon rêve ! Je

l'imaginais remplie du sol au plafond de guimauves roses et vertes, de chocolats fourrés, de caramels fondants, de rouleaux de réglisse, de berlingots craquants, de chewing-gums à la mandarine et de mille autres friandises mirobolantes. Par le dieu des bonbons !

Quelles merveilles j'aurais faites si j'avais eu cette boutique !

Un beau jour, alors que j'admirais cette délicieuse maison, une énorme baignoire voltigea de la fenêtre du deuxième étage et vint s'écraser au milieu de la rue !

Trente secondes plus tard, une cuvette de W.-C. en porcelaine, avec son siège en bois, jaillit de la même fenêtre et atterrit dans un fracas foudroyant à côté de la baignoire. Suivirent un évier de cuisine, une cage à canaris sans canari, un lit à baldaquin, deux bouillottes, un cheval à bascule, une machine à coudre… et je ne sais quoi d'autre encore ! On aurait dit que mille démons se déchaînaient dans la maison.

À présent, des débris d'escalier, de rampe et de lames de parquet, valsaient par les fenêtres.

Soudain, ce fut le silence. J'attendis un moment, attentif au moindre bruit, mais il ne se passa rien. Je traversai la route, me plantai sous les fenêtres et me mis à crier :

– Il y a quelqu'un ?

Pas de réponse.

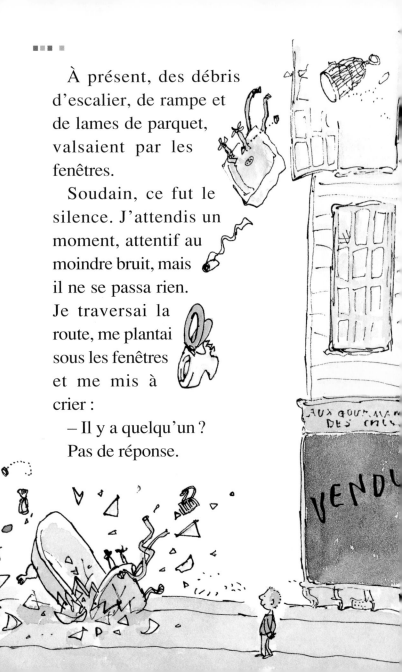

La nuit était tombée et je partis. Mais je me promis de revenir vite, dès le lendemain matin pour voir quelle surprise m'attendait. La première chose qui me frappa le jour suivant, ce fut la nouvelle porte rouge vif qui remplaçait la vieille porte marron. Elle était fantastique, cette porte, deux fois plus haute que la première, ce qui semblait ridicule. Qui aurait voulu d'une porte si incroyablement haute ? À moins qu'un géant n'habitât la maison… Quelqu'un avait effacé le mot VENDU sur la vitrine. À la place, il y avait un tas d'inscriptions, mais j'avais beau les lire et les relire, je n'arrivais pas à comprendre à quoi tout cela rimait.

Le Gang des Laveurs
de Carreaux
sans Échelle

Vos fenêtres nettoyées
sans l'inconvénient
d'une horrible échelle
contre votre mur.

Je tendais l'oreille, à l'affût d'un bruit ou d'un signe de vie, mais il semblait n'y avoir personne à l'intérieur de la maison. Soudain, du coin de l'œil… je vis l'une des fenêtres du dernier étage s'ouvrir lentement. Puis une tête apparut. Stupéfait, je la regardai.

De grands yeux ronds et sombres se posèrent sur moi. Une deuxième fenêtre s'ouvrit alors bruyamment… Étais-je en train de rêver ?

Un gigantesque oiseau blanc venait de se percher sur le rebord de la fenêtre. C'était un pélican, je l'avais reconnu à cause de son énorme bec orange en forme de cuvette. L'oiseau baissa les yeux sur moi et se mit à chanter :

> *Ah ! j'aurais tant voulu*
> *Manger du poisson cru !*
> *Un beau poisson dodu*
> *Mais landelirelu*
> *La mer n'est pas en vue…*

— La mer est bien loin, approuvai-je. Mais il y a un poissonnier dans notre village.

— Quoi ?

— Un poissonnier.

— Qu'est-ce que c'est ? demanda le Pélican. J'ai entendu parler de poissons rouges, de poissons-chats et même de poissons-scies mais jamais de poissons niais. Ces niais sont-ils bons à manger ?

La question m'étonna un peu et j'essayai de détourner la conversation.

— Comment s'appelle ton amie, à la fenêtre voisine ?

— La Girafe ! répondit le Pélican. N'est-ce pas qu'elle est formidable ? Ses pieds sont au rez-de-chaussée et sa tête au grenier.

Comme si tout cela ne suffisait pas, la fenêtre du premier étage s'ouvrit toute grande et il en surgit un singe !

L'animal s'avança sur le rebord de la fenêtre et dansa la gigue.

Il était si squelettique qu'on aurait dit un fil de fer poilu. Mais il dansait à merveille !

J'applaudis, en poussant des cris de joie, et me mis à danser à mon tour.

– C'est nous, le *Gang des Laveurs de Carreaux* ! chanta le Singe.

À grande et belle eau
Lavons les carreaux
Résultat garanti, promis !
Venons jour et nuit…
Qui ça, qui ça ?
La Girafe, le Pélican et moi !
Cette fine équipe
Sans arrêt astique.
Et les carreaux qui étaient tout noirs
Brillent comme des miroirs…
Grâce à qui, grâce à quoi ?
À la Girafe, au Pélican et moi !
De l'eau, du savon,
Un chiffon et quelques chansons
Même pas besoin d'échelle.
La vie est belle !
Pour qui, pour quoi ?

Pour la Girafe, le Pélican et moi !

J'étais émerveillé. De la fenêtre voisine, la Girafe s'adressa au Pélican :

– Pelly, mon petit, aurais-tu la bonté de descendre d'un coup d'ailes et de remonter cette petite personne afin que nous puissions bavarder un peu ?

Le Pélican déploya ses immenses ailes blanches, s'envola et atterrit dans la rue, juste à côté de moi.

– Monte ! dit-il en ouvrant son énorme bec.

Devant ce gros bec orange, je reculai.

– Allons ! hurla le Singe, de sa fenêtre.
Pelly ne va pas te manger ! Grimpe !

– Je veux bien, mais promets-moi de ne
pas refermer ton bec sur moi.

– Tu n'as rien à craindre ! assura le
Pélican.

J'ai un bec,
Un bec spécial.
Je dirais même génial !
Mon petit mec !
C'est un bec magique
Alors installe-toi
Ne t'en fais pas
C'est si pratique !

— Je ne monterai qu'à une condition, repris-je. Jure-moi sur l'honneur que tu ne refermeras pas ton bec quand je serai à l'intérieur. J'ai horreur d'être enfermé dans le noir.

— Je m'apprête à effectuer une petite opération qui m'empêchera de fermer le bec, expliqua le Pélican. Veux-tu que je te montre comment ça fonctionne ?

— Et comment ! dis-je.

— Tu vas voir ce que tu vas voir ! s'écria le Pélican.

Sous mes yeux ahuris, la partie supérieure du bec se mit à glisser en arrière.

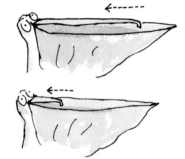

— J'ai fait rentrer le haut de mon bec à l'intérieur de mon cou ! hurla le Pélican. Ça, c'est du génie ! Mieux, de la magie !

— Incroyable… murmurai-je. Ça me fait penser au mètre-ruban de mon père, à la maison. Quand on le déroule, il est rigide. Quand on l'enroule, il disparaît.

– Exactement, approuva le Pélican. Vois-tu, le haut de mon bec ne me sert à rien, sauf quand je mange du poisson. C'est la partie basse la plus utile : ce génial appendice sert de seau à eau pour laver les carreaux ! Pour refermer le bec, je fais coulisser la partie haute dans l'autre sens.

J'ai un bec qui glisse
Un bec qui coulisse
Marche avant
Même en parlant
Marche arrière
Même en l'air !
Pour pêcher les poissons
Que je mange à foison
Ah ! la belle invention !
Retiens bien son nom :
C'est le Bec breveté sans souci
Le Bon Bec de Pelly !

– Arrête de crâner et de faire le beau ! hurla le Singe, du haut de sa fenêtre.

Dépêche-toi ! Ramène-nous cette petite personne ! La Girafe attend.

Je grimpai dans le grand bec orange et, d'un battement d'ailes, Pelly m'emporta jusqu'au dernier étage, sur le bord de la fenêtre.

La Girafe me salua le plus amicalement du monde :

– Bonjour, comment t'appelles-tu ?

– Billy, répondis-je.

– Eh bien Billy, reprit-elle, nous avons grand besoin de ton aide. Nous devons trouver des carreaux à laver de toute urgence. Nous avons dépensé jusqu'à notre dernier sou pour acheter cette maison, et nous devons d'urgence gagner de l'argent à nouveau.

Pelly claque du bec, le Singe a une faim de loup et moi, j'ai l'estomac dans les talons. Pelly mange du poisson, le Singe

des noix, quant à moi, je suis très difficile à nourrir. Je suis une Girafe Orchalion et une Girafe Orchalion ne mange que les fleurs roses et mauves de l'arbre drelin-drelin. Mais ces fleurs, comme tu le sais, sont très difficiles à trouver et si chères…

– J'ai tellement faim que je me régalerais d'une vieille sardine desséchée, s'écria Pelly.

Ah, fourrer sous ma babine
Une très vieille sardine
Ah, me mettre en appétit
Avec de la morue pourrie…

Chaque fois que le Pélican ouvrait le bec, je sautais et tressautais comme sur les montagnes russes et, plus Pelly s'excitait, plus ça tanguait.

– Ce que Pelly adore par-dessus tout, dit le Singe, c'est le saumon…

– Oh, oui ! renchérit le Pélican. Oh, du saumon… J'en rêve du matin au soir mais je n'en mange jamais !

– Et moi, je rêve de noix ! s'exclama le Singe. Une noix fraîchement cueillie sur l'arbre, c'est si excellent-succulent, si délicieux-savoureux, si agréable et doux au palais… j'en ai l'eau à la bouche rien que d'y penser !

À ce moment précis, une énorme Rolls Royce blanche s'arrêta devant la maison et il en sortit un chauffeur en uniforme bleu et or. Il tenait une enveloppe dans sa main gantée.

– Juste ciel ! chuchotai-je. La voiture du Duc de Hampshire !

– Qui est-ce ? demanda la Girafe.

– L'homme le plus riche d'Angleterre, répondis-je.

Le chauffeur frappa à la porte.

– Voilà, voilà ! cria la Girafe.

En levant les yeux, l'homme nous aperçut, la Girafe, Pelly, le Singe et moi. Pas un muscle de son visage ne tressaillit. Il ne fronça même pas le sourcil.

Les chauffeurs de milliardaires ne s'étonnent de rien.

– Sa Grâce, le Duc de Hampshire, annonça-t-il, m'a chargé de porter cette lettre au *Gang des Laveurs de Carreaux*.

– C'est nous ! s'écria le Singe.

– Auriez-vous l'amabilité d'ouvrir l'enveloppe et de nous lire la lettre ? demanda la Girafe.

Le chauffeur décacheta l'enveloppe et se mit à lire :

– Chers messieurs, j'ai lu votre annonce en passant devant chez vous en voiture, ce matin. Voilà cinquante ans que je cherche un laveur de carreaux convenable et je n'en ai toujours pas trouvé. Ma maison a six cent soixante-dix-sept fenêtres (sans compter celles des serres) et toutes sont extrêmement sales. Veuillez venir me voir le plus tôt possible.

Sincèrement vôtre, Duc de Hampshire.

– Ceci, ajouta le chauffeur d'une voix empreinte de crainte respectueuse, a été écrit de la main même de Sa Grâce le Duc.

– Veuillez informer Sa Grâce que nous lui rendrons visite le plus tôt possible, dit la Girafe.

Le chauffeur porta la main à sa casquette et remonta dans sa Rolls Royce.

– Youpi ! hurla le Singe.

– Fantastique ! exulta le Pélican.

Nous devons nous surpasser !

Les carreaux de Sa Grâce étincelleront !

– Billy, demanda la Girafe, sais-tu quel est le nom de la maison et comment y aller ?

– C'est la Maison Hampshire, répondis-je. Elle se trouve sur la colline, je vous montrerai le chemin.

– En route ! s'écria le Singe. En route pour voir le Duc !

La Girafe baissa la tête et sortit par la haute porte. Le Singe sauta sur le dos de la Girafe, le Pélican m'emporta dans son bec puis il alla se percher sur la tête de la Girafe et le cortège se mit en route. Inutile de dire que je me cramponnai de toutes mes forces !

Bientôt, les grilles de la Maison Hampshire se dressèrent devant nous.

La Girafe remonta lentement une large allée. Nous nous sentions tous un peu inquiets.

– À quoi ressemble-t-il, ce Duc ? me demanda la Girafe.

– Je n'en sais rien, répondis-je. Mais il est très célèbre et fabuleusement riche. On dit qu'il n'a pas moins de vingt-cinq jardiniers pour s'occuper de ses massifs de fleurs. Soudain, la maison apparut.

Quelle maison ! Un vrai palais… en plus grand, peut-être !

– Regardez-moi ces fenêtres ! s'écria le Singe. Nous allons avoir du travail jusqu'à la fin de nos jours.

Brusquement, nous entendîmes une grosse voix tout près de nous.

– Je veux ces grosses bien mûres, tout en haut de l'arbre ! ordonnait la voix. Cueillez-les !

Par-dessus les buissons nous aperçûmes, sous un grand cerisier, un vieil homme, avec d'énormes moustaches blanches, qui pointait sa canne en l'air. Une échelle était posée contre l'arbre et un autre homme, un jardinier sans doute, était perché dessus.

– Cueillez-moi ces grosses bien mûres et bien juteuses, là-haut, sur les dernières branches ! répétait le vieillard.

– Je ne peux pas, Votre Grâce, rétorqua le jardinier.

L'échelle n'est pas assez haute.

– Ventre Saint-Gris ! s'exclama le Duc. Je meurs d'envie de goûter ces belles cerises !

– Allons-y ! me chuchota le Pélican.

Il battit des ailes et SWOOSH ! il s'envola et vint se poser sur les plus hautes branches du cerisier.

– Cueille-les, Billy ! murmura-t-il. Vite, cueille-les toutes et fourre-les dans mon bec !

Médusé, le jardinier tomba de son échelle. Le Duc se mit à brailler :

– Mon fusil ! Apportez-moi mon fusil ! Un monstrueux oiseau sorti de l'enfer est en train de dérober mes cerises ! Du balai, l'ami ! Du balai ! Ce sont mes cerises ! Vous allez recevoir du plomb dans l'aile pour ce crime ! Où est *mon* fusil ?

– Dépêche-toi, Billy ! dit le Pélican. Vite, vite !

– Mon fusil ! hurlait le Duc au jardinier. Allez donc me chercher mon fusil, triple idiot ! Cet oiseau finira dans mon assiette, c'est moi qui vous le dis !

– Je les ai toutes cueillies, murmurai-je au Pélican.

Pelly atterrit brusquement à côté du Duc de Hampshire qui trépignait de rage en agitant sa canne.

J'émergeai du bec du Pélican :

– Voilà vos cerises, Votre Grâce, dis-je en offrant au Duc une poignée de fruits.

Sidéré, le Duc chancela, les yeux hors de la tête.

– Saperlipopette ! dit-il, suffoqué. D'où sortez-vous ? Qui êtes-vous ?

Avant que j'aie pu répondre, la Girafe surgit de derrière les buissons, le Singe sautillant sur son dos. Le Duc les observait, bouche bée. On aurait dit qu'il allait avoir une attaque.

– Qui sont ces animaux ? rugit-il.

Décidément, le monde ne tourne pas rond !

– Nous sommes le *Gang des Laveurs de Carreaux* ! clama le Singe.

Voyez ce carreau !
Il brillera, scintillera
Comme un joyau
De plusieurs carats…
Votre Grâce a-t-elle vu ça ?
La Girafe, le Pélican et moi !

– C'est vous qui nous avez demandé de venir, dit la Girafe.

La vérité commençait à se faire jour dans l'esprit du Duc. Il fourra une cerise dans sa bouche, la croqua pensivement puis recracha le noyau.

– J'apprécie que vous m'ayez cueilli ces

cerises, dit-il. Pourrez-vous aussi venir cueillir mes pommes en automne ?

La réponse fut unanime :

– Oui ! Certes ! Bien sûr, Votre Grâce !

– Qui êtes-vous ? demanda le Duc en tendant sa canne vers moi.

– C'est notre Directeur Commercial, répondit la Girafe. Il s'appelle Billy. Nous ne nous déplaçons jamais sans lui.

– C'est bon, c'est bon, marmonna le Duc. Suivez-moi. Nous allons bien voir si vous lavez correctement les carreaux.

Je me faufilai hors du bec du Pélican et, en chemin, le vieux Duc me prit gentiment par la main.

– Et maintenant, dit-il, montrez-moi comment vous allez procéder ?

– C'est très simple, Votre Grâce, répliqua la Girafe. L'échelle, c'est moi. Pelly, c'est le seau, et le Singe, le laveur de carreaux. Regardez un peu !

Sur ce, le *Gang des Laveurs de Carreaux* entra en action. Le Singe descendit du dos

de la Girafe, se dirigea vers le robinet du jardin, l'ouvrit et remplit d'eau le grand bec de Pelly.

Puis, d'un bond agile, il remonta sur le dos de la Girafe, escalada le long cou aussi aisément qu'il aurait grimpé à un arbre et se retrouva perché sur sa tête.

– D'abord, cria la Girafe, le premier étage ! Pelly, apporte-moi de l'eau, s'il te plaît.

Le Duc intervint.

– Ne vous inquiétez pas pour les deux derniers étages. Vous ne pourrez pas les atteindre de toute façon.

– Qui ose dire cela ? demanda la Girafe.

– Moi, répondit fermement le Duc, je ne veux pas que vous risquiez de rompre votre satané cou.

Si vous tenez à être l'ami d'une girafe, ne dites surtout pas de mal de son cou. C'est son bien le plus précieux.

– Qu'est-ce que vous lui trouvez, à mon cou ? glapit la Girafe.

– Ne discutez pas avec moi, stupide

animal ! s'écria le Duc. Vous ne pouvez pas les atteindre, un point, c'est tout. Mettez-vous au travail.

— Votre Grâce, reprit la Girafe avec un petit sourire supérieur, il n'existe pas de vitre que je ne puisse atteindre avec mon cou magique.

Le Singe virevoltait sur le crâne de la Girafe.

— Montre-lui, la Girafe ! cria-t-il. Montre-lui ce que tu sais faire avec ton cou magique !

Aussitôt, le cou de la Girafe, qui était déjà bien long, se mit à s'allonger,

S'ALLONGER…

S'ALLONGER…
S'ALLONGER…

jusqu'à ce que le Singe, toujours perché sur sa tête, atteigne les fenêtres du dernier étage. La Girafe regarda le Duc de toute sa prodigieuse hauteur.

– Eh bien qu'en dites-vous ?
demanda-t-elle.

Le Duc resta sans voix. Moi
aussi.

C'était encore plus renversant
que le Bon Bec Breveté de
Pelly ! Du dernier étage, la
Girafe se mit
à chanter une
petite chanson,
si doucement que
j'entendais à peine
les paroles. Si
ma mémoire est
bonne, voilà à
quoi elle ressemblait :

Haut, Haut !
Hisse et ho !
Jusqu'au dernier
étage
Je hisse mon cou…
N'en déplaise aux
nuages !

Le Pélican, son énorme bec rempli d'eau, s'envola et vint se percher sur un rebord de fenêtre, à côté du Singe. Alors le *Gang des Laveurs de Carreaux* entra en action. Ils travaillaient à une vitesse époustouflante. Dès qu'ils en avaient terminé avec une fenêtre, la Girafe transportait le Singe, suivi du Pélican, à la suivante.

Lorsque tous les carreaux du quatrième étage furent nettoyés, la Girafe abaissa son cou au niveau du troisième et le travail recommença.

– Stupéfiant ! s'écria le Duc. Sidérant ! Suffocant ! Cela fait cinquante ans que je ne voyais plus rien par les fenêtres ! Maintenant, quand je serai chez moi, je pourrai enfin jouir du paysage !

Soudain, les trois laveurs de carreaux s'arrêtèrent net, pétrifiés contre le mur.

– Que leur arrive-t-il ? me demanda le Duc.

Sur la pointe des pattes, la Girafe s'écarta de la façade et s'approcha de nous, toujours accompagnée du Singe et du Pélican.

– Votre Grâce, chuchota-t-elle au Duc.

Un individu est entré dans l'une des chambres du troisième. Il ouvre tous les tiroirs et fouille dans les affaires. Il tient un revolver !

Le Duc sauta en l'air.

— Quelle chambre ? glapit-il. Montrez-moi vite !

— C'est celle dont la fenêtre est grande ouverte, là-haut, chuchota la Girafe.

— Nom de nom ! s'écria le Duc. La chambre de la Duchesse ! Quelqu'un veut voler ses bijoux ! Appelez la police ! Convoquez l'armée ! Qu'on fasse donner les canons ! Que l'armée de l'air intervienne !

Tandis qu'il parlait, le Pélican s'envola et, en basculant, renversa l'eau que contenait son bec. Puis il fit coulisser la partie supérieure de son Bon Bec Breveté et se tint prêt à agir.

— Que fabrique ce stupide oiseau ? aboya le Duc.

– Minute, dit le Singe. Retenez votre respiration ! Ne bougez plus d'un poil et ouvrez grands les yeux !

Le Pélican entra comme une flèche par la fenêtre ouverte et, cinq secondes plus tard, il ressortit, son grand bec orange solidement fermé. Il atterrit sur la pelouse à côté du Duc. Un bruit terrible s'échappait de son bec. On aurait dit que quelqu'un s'amusait à donner des coups de marteau à l'intérieur.

– Il l'a attrapé ! s'écria le Singe. Le cambrioleur se trouve dans son bec !

– Bien joué, l'ami ! s'exclama le Duc en sautant de joie.

Soudain, il tira sur le manche de sa canne et en fit jaillir une longue épée étincelante.

– Je vais le pourfendre ! hurla-t-il en brandissant son épée comme un escrimeur. Ouvre ton bec, Pélican ! Que j'attrape mon bonhomme ! Je vais le transpercer de part en part avant qu'il n'ait le temps de dire ouf. Je l'embrocherai comme un cochon de lait ! Son gésier nourrira mes fox-terriers !

Mais le Pélican n'ouvrait toujours pas le bec. Il secoua la tête.

– Le cambrioleur est armé d'un revolver ! hurla la Girafe. Si Pelly le libère, il nous tirera dessus !

– Que m'importe, quand bien même il serait armé d'une mitraillette ! beugla le Duc, sa grosse moustache hérissée comme un buisson. Je veux m'emparer de ce vaurien ! Ouvre, Pélican ! Ouvre ! Soudain, BANG ! Nous entendîmes une formidable

détonation. Pelly fit un bond de deux mètres. Le Duc également.

– Attention ! s'écria le Duc en reculant rapidement. Il tire pour se frayer un passage.

Et, pointant son épée en direction du bec de Pelly, il ordonna :

– Fermez le bec, l'ami ! Fermez bien le bec, sinon c'en est fini de nous !

– Secoue-le, Pelly ! cria la Girafe. Fais cliqueter ses os ! Donne-lui une bonne leçon !

Le Pélican se mit à agiter la tête si vite qu'on ne lui voyait plus le bec.

À l'intérieur, le bonhomme devait se sentir battu comme les œufs pour une omelette.

– Bien joué, Pelly ! s'exclama la Girafe. C'est du beau travail ! Continue, ça l'empêchera de tirer !

À cet instant, une dame à la poitrine opulente et aux cheveux d'un roux flamboyant surgit de la maison en vociférant :

– Mes bijoux ! On a volé mes bijoux ! Ma tiare de diamants ! Mon collier de diamants ! Mes bracelets de diamants ! Mes boucles d'oreilles de diamants ! Mes bagues en diamant ! Ils ont tout emporté ! Ma chambre a été mise à sac. Sur ce, cette imposante dame qui, cinquante-cinq ans plus tôt, avait été une célèbre cantatrice, se mit à chanter :

Sur la mer calmée
Voguent mes diamants
Mes brillants volés
Mon chagrin est
grand !

Nous fûmes si impressionnés par le coffre de cette

dame que nous nous mîmes tous à chanter
en chœur avec elle, excepté le Pélican qui
fermait le bec :

Sans mes chers diamants
Je suis une orpheline
Sans mes précieux brillants
Je ne suis qu'une enfant !

– Du calme, Henrietta ! dit le
Duc.

Désignant le Pélican, il poursuivit :

– Cet oiseau remarquable a brillamment réussi à capturer le cambrioleur. Le vaurien se trouve dans son bec.

La Duchesse dévisagea le Pélican de ses yeux ronds, à quoi Pelly lui répondit par un clin d'œil.

– S'il est à l'intérieur, s'écria la Duchesse, laissez-le sortir ! Vous pourrez l'embrocher sur votre fameuse épée ! Mes diamants ! Je veux mes diamants ! Ouvrez votre bec, l'oiseau !

– Non, non ! protesta le Duc. Le voleur a un revolver. Ce serait trop dangereux.

Quelqu'un devait avoir appelé la police entre-temps, car quatre voitures des brigades spéciales arrivèrent à toute allure dans un hurlement de sirènes.

En quelques secondes, les policiers nous cernèrent.

– Le coupe-jarret que vous cherchez est enfermé dans le bec de cet oiseau ! annonça le Duc. Tenez-vous prêts à l'arrêter ! Cinq, quatre, trois, deux, un, zéro ! Ouvrez !

Le Pélican ouvrit son gigantesque bec. Aussitôt, six policiers foncèrent sur le voleur qui était tapi à l'intérieur. Ils lui arrachèrent son revolver, le traînèrent au-dehors et lui passèrent les menottes.

– Mille cartouches ! hurla le Brigadier. Il s'agit du Cobra en personne !

– De qui ? De quoi ? Qui est ce Cobra ? demandèrent toutes les personnes en présence.

– Le plus habile, le plus dangereux monte-en-l'air du siècle ! répondit le

Brigadier. Il a dû escalader la gouttière. Rien ne l'arrête !

— Mes diamants ! répétait la Duchesse. Je veux mes diamants ! Où sont mes diamants ?

— Les voici ! fit triomphalement le Brigadier en repêchant les bijoux à pleines poignées dans les poches du cambrioleur. La Duchesse poussa un ouf de soulagement et s'évanouit. La police embarqua l'épouvantable cambrioleur et la Duchesse en pâmoison fut transportée dans la maison par ses domestiques. Le Duc resta sur la pelouse en

compagnie de la Girafe, du Pélican, du Singe et de moi.

– Regardez ! s'écria le Singe. Le revolver de cet ignoble individu a troué le bec du pauvre Pelly !

– Je suis fini… soupira le Pélican. Désormais, mon bec ne servira jamais plus de seau à eau pour laver les carreaux.

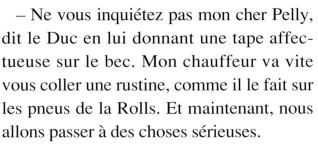

– Ne vous inquiétez pas mon cher Pelly, dit le Duc en lui donnant une tape affectueuse sur le bec. Mon chauffeur va vite vous coller une rustine, comme il le fait sur les pneus de la Rolls. Et maintenant, nous allons passer à des choses sérieuses.

Le silence se fit…

– Écoutez-moi ! déclara le Duc. Ces diamants valent des millions. Des millions et des millions ! Et c'est vous qui les avez retrouvés !

Le Singe hocha la tête. La Girafe sourit. Pelly rougit.

— Aucune somme d'argent ne pourrait vraiment vous récompenser, poursuivit le Duc. Je vais donc vous faire une proposition qui, je l'espère, vous plaira. J'invite la Girafe, le Pélican et le Singe à venir vivre pour toujours dans ma propriété. Je mets ma plus belle grange à votre disposition. J'y ferai installer le chauffage central, une douche, une cuisine et tout ce que vous voudrez pour améliorer votre confort. En échange, vous laverez mes carreaux, vous cueillerez mes cerises et mes pommes. Et si Pelly le veut bien, de temps en temps, il m'emmènera en promenade dans son bec.

— Ce sera un plaisir, Votre Grâce ! s'écria le Pélican. Voulez-vous que nous partions maintenant ?

— Plus tard, dit le Duc. Après le thé.

La Girafe toussota, leva les yeux au ciel.

— Quelque chose ne va pas ? demanda le Duc. Si c'est le cas, dites-le-moi.

– Je ne voudrais vous sembler ni ingrate, ni exigeante, murmura la Girafe. Mais en effet, il y a un gros problème. Nous sommes absolument morts de faim. Nous n'avons pas mangé depuis plusieurs jours.

– Ma chère Girafe ! s'écria le Duc. Comme je suis étourdi ! Chez moi, tout le monde mange à sa faim.

– J'ai bien peur que ce ne soit pas si simple, dit la Girafe, voyez-vous, il se trouve que…

– Taisez-vous ! coupa le Duc. J'ai compris ! Je connais parfaitement les animaux d'Afrique. J'ai vu, dès le premier coup d'œil, que vous n'étiez pas une girafe ordinaire. Vous êtes une Girafe Orchalion, n'est-ce pas ?

– Vous avez absolument raison, Votre Grâce, répondit la Girafe. Mais l'ennui, c'est que nous ne mangeons que…

– Attendez ! interrompit encore le Duc. Je sais parfaitement que les Girafes Orchalion ne se

nourrissent que d'une seule
chose. Ai-je raison de croire
qu'il s'agit des fleurs roses
et mauves de l'arbre drelin-drelin ?

— Oui, soupira la Girafe. Et voilà
bien ce qui me tracasse depuis mon
arrivée.

— Mais à la Maison Hampshire,
ce n'est plus un problème, dit le Duc.
Regardez un peu plus loin, chère
Girafe, et vous verrez l'unique
plantation d'arbres drelin-
drelin de tout le pays !

La Girafe poussa un cri d'étonnement.

Des larmes de joie se mirent à couler le long de ses joues.

– Je vous en prie, dit le Duc, allez-y, mangez tout ce que vous voulez.

– Par mes taches ! haleta la Girafe. Par mon long cou ! Je n'en crois pas mes yeux.

Soudain, elle traversa au grand galop les pelouses en piaulant de joie, et nous la vîmes enfouir sa tête dans les splendides fleurs roses et mauves qui s'épanouissaient sur les arbres drelin-drelin.

– À notre Singe, maintenant, poursuivit le Duc. Je crois savoir ce qui lui ferait plaisir… Dans ma propriété, il  y a des milliers de noyers géants…

– Des noix ? s'écria le Singe. Vous parlez bien de *noix*, de véritables noix, pas de noisettes ? C'est une blague !

Vous vous moquez de moi ! J'ai dû mal entendre.

– Regardez là-bas… dit le Duc en désignant un noyer du bout de sa canne.

En un éclair, le Singe alla se percher sur les plus hautes branches de l'arbre et se mit à décortiquer des noix et à les engloutir à toute vitesse.

– Et maintenant, occupons-nous du Pélican !

– Eh oui, soupira Pelly. Hélas, ce que je mange ne pousse pas sur les arbres. Je ne me nourris que de poisson. Cela vous ennuierait-il beaucoup si je vous demandais de m'offrir tous les jours une portion fraîche d'aiglefin ou de morue ?

– De la morue ! De l'aiglefin ! cracha le Duc comme si ces mots le dégoûtaient. Ouvrez bien les yeux, mon cher Pelly !

Dans le fond de la propriété vallonnée, le Pélican aperçut une rivière.

– La rivière Hamp ! s'écria le Duc. On y trouve le meilleur saumon d'Europe !

– Du saumon ! hurla Pelly. J'ai mal entendu ! Je rêve !

– Cette rivière regorge de saumons, répéta le Duc. Servez-vous, mangez tout ce que vous voulez…

Il n'avait pas fini sa phrase que le Pélican s'était déjà envolé et fonçait vers la rivière. Il tournoya plusieurs fois au-dessus de l'eau puis plongea comme une flèche. Cinq secondes plus tard, il réapparut, tenant dans son bec un saumon énorme.

Je restai seul en compagnie du Duc.

– Ils ont l'air content, me dit-il. Cela me fait grand plaisir. Et toi, mon garçon ? N'aurais-tu pas un souhait que je pourrais réaliser ? Si c'est le cas, parle.

J'eus soudain des fourmis dans les jambes. Une chose extraordinaire allait arriver, je le sentais.

– Oui, murmurai-je.

– Et de quoi s'agit-il ? demanda le Duc avec bonté.

– Près de chez moi, dis-je, il y a une vieille maison en bois. Elle s'appelait *Aux Gourmandises des…* Autrefois, c'était une

boutique de bonbons. Je rêve qu'un jour, quelqu'un l'achète et qu'elle redevienne le royaume des friandises.

– Quelqu'un… répéta le Duc. Tu as bien dit quelqu'un ? Eh bien, ce quelqu'un, ce sera toi et moi ! À nous deux, nous y arriverons ! Nous ferons de cette maison la plus fabuleuse boutique de bonbons du monde entier ! Et toi, mon petit, tu en seras le propriétaire !

Sa moustache en bataille tressautait d'excitation. On aurait dit qu'il avait un écureuil sur la figure !

– Ventre Saint-Gris ! s'écria-t-il en brandissant sa canne. J'achète cette baraque aujourd'hui même.

Nous nous mettrons à travailler sur-le-champ.

Nous allons métamorphoser cette vieille maison ! Ce sera une merveille, tu verras.

Les événements se succédèrent à un train d'enfer. L'achat de la maison n'offrit aucune difficulté : Girafe, Pelly et le Singe, qui en étaient propriétaires, insistèrent pour l'offrir au Duc.

Les maçons et les charpentiers attaquèrent le chantier et rebâtirent rapidement les trois étages.

Ils installèrent des centaines d'étagères à chaque étage, posèrent des échelles pour atteindre les plus hautes et accrochèrent partout des paniers pour transporter les marchandises. Bientôt les rayons furent remplis de bonbons, chocolats, caramels et nougats.

Des friandises étonnantes arrivèrent par avion de tous les pays du monde : bonbons, chocolats, cerfs-volants-lunes du Japon, pâtes fourrées d'ylung-ylung des îles Fidji, guna-pagunas parfumés au ramaro de Madagascar, petits-fours glacés de la Terre de Feu…

Pendant deux bonnes semaines, colis et paquets arrivèrent par flots. Je ne me rappelle plus tous les pays d'où ils provenaient mais je vous jure

que je goûtais au contenu de chacun avec le plus grand soin.
J'avais un faible pour les bon-
boomberangs géants d'Australie,
cachant, sous une couche de cho-
colat croustillant, une grosse fraise
rouge. Et les coquefusées élec-
triques qui font se dresser les che-
veux sur la tête… Sans
parler des bise-glottes,
des claque-palais,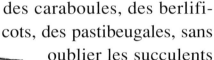
des caraboules, des berlifi-
cots, des pastibeugales, sans
oublier les succulents
bonbons de la
grande chocolaterie
Wonka. Par exemple
les célèbres dragées
arc-en-ciel Willy
Wonka : on les suce
et on crache de
toutes les couleurs
de l'arc-en-ciel. Et

la gomme colle-mâchoire pour parents trop
bavards ! Et les jujubes à la menthe qui font
les dents vertes à votre pire ennemi pendant
un mois !

Le jour de l'ouverture, j'avais
déclaré que tous mes futurs
clients pourraient se régaler
gratuitement. Il y avait tant
d'enfants dans la boutique
qu'il était presque
impossible de bou-
ger. La télévision,
la radio et la presse
assistaient à l'évé-
nement. Dehors, le Duc en personne ainsi
que mes amis la Girafe, Pelly et le Singe,
admiraient le spectacle. Je les rejoignis et
offris à chacun un sac rempli de friandises
bien choisies.

Comme le temps était un peu frais, j'offris au Duc des pastilles ardentes couleur de feu, en provenance d'Islande.

L'étiquette disait que toute personne qui en sucerait se mettrait à griller comme un toast, même si elle se promenait toute nue en plein hiver, au pôle Nord.

Lorsque le Duc en fourra une dans sa bouche, il se mit à recracher par le nez une fumée noire si épaisse que je crus que sa moustache allait prendre feu.

– Époustouflant ! cria-t-il en bondissant. Quel truc mirobolant ! J'en rapporterai une caisse à la maison.

Je donnai à la Girafe un sachet de Gobigoulettes. La Gobigoulette est un bonbon délicieux fabriqué à Yambo. Quand vous la croquez, toutes les saveurs parfumées de l'Arabie se répandent sur votre palais.

– Exquis ! s'écria la Girafe. Je sens glisser une cascade de parfums dans ma gorge ! C'est encore meilleur que les fleurs de l'arbre drelin-drelin !

J'offris à Pelly un grand paquet de Zutezuts. Les Zutezuts, vous le savez sans doute, sont achetés par les enfants qui ne savent pas siffler en marchant. Ils eurent un effet prodigieux sur Pelly car, après en avoir croqué un, il se mit à chanter comme un rossignol. Cela l'excita au plus haut point car c'était bien la première fois qu'on entendait siffler un pélican ! J'offris au Singe une boîte de dragées du diable, ces petits bonbons noirs et cuisants dont la vente est interdite aux enfants de moins de quatre ans.

Quand vous venez de sucer une de ces dragées, votre gorge

devient brûlante et vous crachez une flamme de dix mètres !

– Vas-y, souffle ! dit le Duc en mettant une allumette devant la bouche du Singe. Allumons-la !

Une flamme orange s'éleva, plus haute que la vieille maison. Quelle splendeur !

– Je dois vous quitter, maintenant, dis-je. Il faut que je m'occupe de mes clients à la boutique.

– Nous aussi, nous devons partir, dit la Girafe. Cent fenêtres nous attendent… Je dis au revoir au Duc, et saluai un par un mes

trois meilleurs amis, la Girafe, le Pélican et le Singe.

Nous nous sentions brusquement tout tristes.

Le Singe semblait sur le point de pleurer lorsqu'il entonna cette petite chanson d'adieu :

Ce n'est qu'un au revoir, Billy,
Sèche vite tes yeux.
On ne dit pas adieu, Billy,
À ses meilleurs amis.
Viens nous voir quand tu veux…
La Girafe, moi et Pelly !

Nous nous reverrons bientôt, Billy.
Ce livre entre tes mains
Contient tous tes amis
Une amitié sans fin
Maintenant nous réunit
Un ami à chaque page
Un ami à chaque image
Jamais on ne t' oubliera,
La Girafe, le Pélican et moi !

Roald Dahl est né au pays de Galles, en 1916, de parents fortunés d'origine norvégienne. Avide d'aventures, il part pour l'Afrique à dix-huit ans et travaille dans une compagnie pétrolière, avant de devenir pilote à la Royal Air Force pendant la Seconde Guerre mondiale. Il échappe de peu à la mort – son appareil s'étant écrasé au sol – et se met à écrire… mais c'est seulement en 1961, après avoir publié pendant quinze ans des livres pour les adultes, qu'il devient écrivain pour la jeunesse avec *James et la Grosse Pêche*. D'autres chefs-d'œuvre ne tarderont pas à suivre parmi lesquels *Charlie et la chocolaterie*, *Le Bon Gros Géant*, *Fantastique Maître Renard*… Ses livres ont été traduits dans plus de trente-cinq langues. Depuis sa mort, en novembre 1990, Felicity, sa femme, gère la fondation Roald Dahl, qui se consacre à des causes chères à l'écrivain : la dyslexie, la neurologie, l'illettrisme et l'encouragement à la lecture, d'ailleurs l'un des thèmes essentiels de *Matilda*, son dernier roman, paru en 1988.

Né en 1932, en Angleterre, **Quentin Blake** publie son premier dessin à l'âge de seize ans dans un magazine satirique. Il illustre ensuite de nombreux ouvrages pour enfants, notamment ceux de Roald Dahl : *Le Bon Gros Géant*, *Matilda* et *L'Énorme Crocodile*. Quentin Blake écrit et dessine aussi ses propres histoires. Son œuvre comporte plus de deux cents titres d'une variété extraordinaire. Ancien directeur du Royal College of Art, il est devenu en 1999 le premier ambassadeur-lauréat du livre pour enfants, une fonction destinée à promouvoir le livre de jeunesse. Quentin Blake partage sa vie entre Londres et l'ouest de la France.

Les autres titres de Roald Dahl
dans la collection Folio Cadet *premiers romans*

Un amour de tortue
illustré par Quentin Blake
n° 232
M. Hoppy a un secret: il est amoureux de Mme Silver,
sa voisine du dessous. Mais celle-ci n'a d'yeux que
pour Alfred, sa tortue! Heureusement, M. Hoppy
ne manque pas d'imagination. Il met en place
un stratagème ingénieux pour conquérir sa belle…
du haut de son balcon.

■■■

Un conte peut en cacher un autre
illustré par Quentin Blake
n° 313
Blanche-Neige inculpée, Boucle-d'Or démasquée
par les trois ours! Découvrez les dessous de l'affaire
Cendrillon, la véritable histoire du Petit Chaperon
rouge ou encore le sort incroyable réservé aux Trois
Petits Cochons… Reconnaîtrez-vous nos plus célèbres
contes de fées, dans cette version en rimes
épouvantablement comique?

■■■

Le doigt magique
illustré par Henri Galeron
n° 185
Chaque samedi, les Cassard père et fils s'amusent à
chasser le canard. Un jour, leur petite voisine, furieuse

de ce massacre, pointe sur eux son doigt magique.
Devenir oiseau, rude épreuve pour un chasseur,
surtout quand les canards prennent votre place !
De quoi vous faire renoncer définitivement à la chasse ?
■■■

Fantastique Maître Renard
illustré par Quentin Blake
n° 431
Dans la vallée, il y avait trois riches fermiers, éleveurs
de volailles dodues. Le premier était gros et gourmand ;
le deuxième était petit et bilieux ; le troisième était
maigre et se nourrissait de cidre. Tous les trois étaient
laids et méchants. Dans le bois qui surplombait la vallée
vivaient Maître Renard, Dame Renard et leurs trois
renardeaux, affamés et malins…
■■■

Les Minuscules
illustré par Patrick Benson
n° 289
La mère de Petit Louis lui a raconté des histoires
terrifiantes sur la Forêt Interdite. Mais la curiosité
est plus forte que la peur et Petit Louis s'aventure
dans la forêt. D'inquiétants grondements l'obligent
à se réfugier dans les branches d'un arbre immense.
Il découvre alors les Minuscules, les tout petits hommes
des arbres, qui vont le faire entrer dans un monde
magique.

Roald Dahl :
bien plus que de belles histoires !

Saviez-vous que 10 % des droits d'auteur* de ce livre sont versés aux associations caritatives Roald Dahl ?

Roald Dahl est célèbre pour ses histoires et ses poèmes, mais on sait beaucoup moins qu'à maintes occasions il a mis son métier d'écrivain entre parenthèses pour venir en aide à des enfants gravement malades.

La Roald Dahl's Marvellous Children's Charity poursuit ce travail fantastique en soutenant des milliers d'enfants atteints de maladies neurologiques ou de maladies du sang – causes qui furent chères au cœur de Roald Dahl. Elle apporte aussi une aide matérielle primordiale en rémunérant des infirmières spécialisées, en fournissant des équipements et des distractions indispensables aux enfants à travers tout le Royaume-Uni. L'action de la RDMCC a également une portée internationale car elle participe à des recherches pionnières.

Vous souhaitez faire quelque chose pour les aider ? Rendez-vous sur www.roalddahlcharity.org

Le Roald Dahl Museum and Story Centre est situé aux abords de Londres, dans le village de Great Missenden (Buckinghamshire) où Roald Dahl vivait et écrivait. Au cœur du musée, dont le but est de susciter l'amour de la lecture et de l'écriture, sont archivés les inestimables lettres et manuscrits de l'auteur. Outre deux galeries pleines de surprises et d'humour consacrées à sa vie de façon dynamique, le musée est doté d'un atelier d'écriture interactif (Story Centre) et abrite sa désormais fameuse cabane à écrire. C'est un lieu où parents, enfants, enseignants et élèves peuvent découvrir l'univers passionnant de la création littéraire.

www.roalddahlmuseum.org

* Les droits d'auteur versés sont nets de commission.